PEDRO

¡EN LA CIMA DEL MUNDO!

por Fran Manushkin

ilustrado por
Tammie Lyon

D0645349

Publica la serie Pedro Picture Window Books,
una imprenta de Capstone,
1710 Roe Crest Drive
North Mankato, Minnesota 56003
www.capstonepub.com

Cataloging-in-Publication Data is available on the Library of Congress website.
ISBN: 978-1-5158-4660-4 (library binding)
ISBN: 978-1-5158-4694-9 (paperback)
ISBN: 978-1-5158-4679-6 (eBook pdf)

Resumen: La familia de Pedro va a pasar el día con sus amigos en el parque
de diversiones. Todos la están pasando muy bien, ¡hasta que se pierde Paco, el
hermano de Pedro! ¿Podrá subirse Pedro a la Rueda de la Fortuna y encontrar
a Paco?

Diseñadora: Kayla Rossow
Elementos de diseño de Shutterstock

Translated into the Spanish language by Aparicio Publishing

Printed and bound in the United States of America.
PA71

Contenido

Capítulo 1

El parque de diversiones

—¡Yupi! —gritó Pedro—. Por fin estamos en el parque de diversiones. Vamos a quedarnos todo el día. Por la noche también es fabuloso.

A Pedro, Katie y JoJo les gustaba montar en las Sillas Voladoras.

—¡Más rápido! —gritó Pedro.

—¡Me mareo! —gritó Katie.

—Yo no —dijo Pedro.

Después subieron al Tren

del Río Rápido. Iban a toda

velocidad.

—Qué divertido —dijo

Pedro—. Pero quiero ir a una

atracción que dé miedo.

—Esa da miedo —dijo el papá de Pedro—. Vamos a la Rueda de la Fortuna.

Pedro observó la gran rueda que daba vueltas y subía hasta el cielo.

—Este... —dijo—. A lo mejor después.

Capítulo 2

¿Dónde está Paco?

—¡Quiero algodón de azúcar!

—gritó el hermano de Pedro, Paco.

—¡Allí hay palomitas de maíz!

—dijo Pedro—. ¿Podemos comprar

palomitas?

La mamá de Pedro fue con Paco a comprar algodón de azúcar. Pedro y su papá fueron en dirección contraria para comprar palomitas.

La cola para las palomitas
era muy larga. Tardaron
bastante en comprarlas.

—Ahora vamos a volver con
tu mamá y los demás —dijo el
papá de Pedro.

Encontraron a Katie y a JoJo

comiendo helados con la mamá

de Katie.

—¿Han visto a mi mamá y a

Paco? —preguntó Pedro.

—No —dijo Katie.

Pedro y su papá siguieron buscando. Por fin, encontraron a la mamá de Pedro. ¡Ella también estaba buscando!

—Pasó por aquí un desfile y Paco se perdió entre la multitud —dijo.

—Voy a preguntar en objetos perdidos —dijo la mamá de Katie.

—Nosotros seguiremos buscando —dijo el papá de Pedro—. Debemos darnos prisa. Pronto se hará de noche.

Capítulo 3

¡Sé valiente, Pedro!

—¡Tengo una idea! —dijo el papá de Pedro—. Podemos subir a la Rueda de la Fortuna. Desde allí arriba se ve todo el parque. Así encontraremos a Pedro rápidamente.

—Yo no puedo —dijo

Pedro—. ¡Da demasiado miedo!

Pedro empezó a alejarse,

pero después regresó. —¡Mi

hermano tiene un problema!

—dijo—. Tengo que ser valiente.

Cuando la rueda empezó a girar, Pedro se agarró con fuerza a la mano de su papá. La rueda giró muy alto, ¡cada vez más!

Se detuvo en la parte de arriba.

—¡Ay! —gritó el papá de Pedro—. Esto no me gusta nada.

Cerró los ojos. Pero Pedro se quedó con los ojos abiertos. ¡Había tanto que ver!

—Papá —gritó Pedro—, ¡abre los ojos! Esto es divertido ¡y veo a Paco!

—¡Guau! —El papá de Pedro sonrió—. ¡Es increíblel!

Después de dar unas vueltas más, Pedro y su papá se bajaron de la rueda. Pedro llevó a su papá al lugar donde había visto a Paco.

¡Todos se abrazaron!

—¡Estuve en un desfile!

—presumió Paco—. ¡Este parque

es muy divertido!

—A veces —dijo su papá.

—¡Siempre!

—gritó Pedro—.

Fui valiente.

¡Fui muy

valiente!

Pronto estaban todos
reunidos de nuevo.

—Antes de irnos, vamos a
subir a la Montaña Rusa —dijo
Katie.

—¡Ay! —dijo la mamá de Pedro—. Va muy alto y es muy VELOZ.

—No te preocupes —dijo el papá de Pedro—. Si vas con Pedro, él te ayudará a ser valiente.

¡Y eso fue lo que hizo!

Acerca de la autora

Fran Manushkin es la autora de muchos libros ilustrados populares. Entre ellos están *Pedro y el monstruo; La suerte de Pedro; Pedro, el ninja; Pedro, el pirata; El club de los misterios de Pedro; Pedro y el tiburón* y *La torre embromada de Pedro*. Katie Woo es una persona real —es la sobrina nieta de Fran— pero nunca se mete en tantos problemas como la Katie Woo de los libros. Fran escribe en su adorada computadora Mac, en la ciudad de Nueva York, sin la ayuda de sus traviesos gatos, Chaim y Goldy.

Acerca de la ilustradora

Tammie Lyon se aficionó al dibujo desde muy pequeña, cuando se sentaba a la mesa de la cocina con su papá. Su amor por el arte continuó y la llevó a estudiar en la Facultad de Arte y Diseño de Columbus, donde obtuvo una maestría en bellas artes. Después de una breve carrera como bailarina de ballet profesional, decidió dedicarse por completo a la ilustración. Hoy vive con su esposo, Lee, en Cincinnati, Ohio. Sus perros, Gus y Dudly le hacen compañía cuando trabaja en su estudio.

Glosario

desfile—grupo de personas que marchan en fila

fabuloso—algo que es fantástico o increíble

multitud—mucha gente en un mismo lugar

objetos perdidos—el lugar donde la gente lleva las cosas que han encontrado

Rueda de la Fortuna—una rueda muy grande con asientos donde la gente se sienta mientras la rueda da vueltas; atracción de un parque de diversiones

veloz—muy rápido

Vamos a hablar

1. Pedro y los demás subieron a muchas atracciones. ¿Alguna vez has subido a una Montaña Rusa? ¿Y a una Rueda de la Fortuna? ¿Te gustaría?

2. ¿Qué harías si te perdieras en un lugar público como le pasó a Paco? ¿Cómo te mantendrías a salvo hasta que te encuentren?

3. Al principio, a Pedro le daba miedo subirse a la Rueda de la Fortuna, pero recordó que tenía que ayudar a Paco. Habla sobre algún día que tuviste que superar tus miedos.

Vamos a escribir

1. En los parques de diversiones venden comida especial. ¿Cuál es tu preferida? Haz una lista.

2. ¡Dibuja una montaña rusa o una atracción! Ponle un nombre y escribe algunos detalles especiales de tu atracción.

3. Piensa en lo que haces cuando no puedes encontrar algo. Después, escribe una guía con pasos numerados para explicar a alguien lo que tiene que hacer si pierde algo.

¡LOS CHISTES

▶ ¿Qué hace una vaca en un parque de diversiones?
Vacaminando

▶ ¿Qué hace un pato en el lago de un parque?
Nada

▶ ¿Qué animal va el último en un carrusel?
El delfín

▶ ¿Cuál es la atracción favorita de mi tío?
El tío vivo

DE PEDRO!

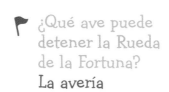

- ¿Qué ave puede detener la Rueda de la Fortuna?
  La avería

- ¿Cómo sacas un elefante de la montaña rusa?
  Mareado

- ¿Por qué las momias no van a los parques de diversiones?
  Porque se desenrollan

- ¿Qué toma una rana en el parque de diversiones?
  Croaka-Cola

¡LA DIVERSIÓN CONTINÚA!

Descubre más en www.capstonekids.com

- ⚑ Videos y concursos
- ⚑ Juegos y rompecabezas
- ⚑ Amigos y favoritos
- ⚑ Autores e ilustradores